KV-510-777

I'm teulu hyfryd.

A.B.

I Aria, Lorenzo, Enzio, Loretta a Leah.

S.M.

Llyfrgelloedd Sir Y Fflint
Flintshire Libraries
6044

SYS   **£6.99**

JWFIC   **FL**

Y fersiwn Saesneg

Cyhoeddwyd gyntaf ym Mhrydain Fawr yn 2019 dan y teitl *Little Cloud* gan Egmont UK Limited, The Yellow Building, 1 Nicholas Road, Llundain W11 4AN

egmont.co.uk

Hawlfraint y testun © Anne Booth 2019
Hawlfraint yr arlunwaith © Sarah Massini 2019

Mae Anne Booth a Sarah Massini wedi datgan eu hawliau moesol i'r testun a'r arlunwaith.
Cedwir pob hawl © Egmont UK Ltd 2019

Y fersiwn Cymraeg

Cyhoeddwyd gyntaf yng Nghymru yn 2021 gan Atebol Cyfyngedig,
Adeiladau'r Fagwyr, Llanfihangel Genau'r Glyn, Aberystwyth, Ceredigion SY24 5AQ

atebol.com

Addaswyd gan Eurig Salisbury
Dyluniwyd gan Owain Hammonds

ISBN 978-1-913245-31-3

Hawlfraint © Atebol Cyfyngedig 2021
Cedwir pob hawl

Mae cofnod catalog CIP ar gyfer y teitl hwn ar gael yn Llyfrgell Genedlaethol Cymru a'r Llyfrgell Brydeinig.

Ni chaniateir atgynhyrchu unrhyw ran o'r cyhoeddiad hwn, ei storio mewn system adalw, na'i drosglwyddo, ar unrhyw ffurf neu drwy unrhyw ddull, yn electronig, yn fecanyddol, ei lungopïo, ei recordio neu fel arall, heb ganiatâd ymlaen llaw gan y cyhoeddwr a pherchennog yr hawlfraint.

Mae Egmont ac Atebol yn cymryd eu cyfrifoldeb dros y blaned a'i thrigolion o ddifrif.
Ein nod yw defnyddio papur o goedwigoedd sy'n cael eu rheoli'n dda gan gyflenwyr cyfrifol.

Dymuna'r cyhoeddwr gydnabod cymorth ariannol Cyngor Llyfrau Cymru.

Flintshire Library Services
029 0000 1256 044

Cwmwl Bychan
Little Cloud

Anne Booth

Lluniau gan **Sarah Massini**

Addasiad **Eurig Salisbury**

atebol

Un tro, roedd dim mwy
na breuddwyd o gwmwl
yn aros, yn cuddio,
yn yr awyr las,

ONCE there was
a dream of a cloud,
waiting, hiding,
in a blue sky,

ac fe drodd
yn fymryn bach o wyn

which became
a whisper of white

a thyfu a thyfu . . .

and grew and grew . . .

hyd nes ei fod yno,
cwmwl bychan gwyn.

'Dyma fi!' dywedodd y cwmwl bychan.

Until there it was,
a little white cloud.

'Here I am!' said the little cloud.

'Am gwmwl bychan hardd,' dywedodd pawb.

Ac roedd y cwmwl bychan yn teimlo'n falch iawn.

'What a beautiful little white cloud,' everybody said.

And the little cloud felt very proud.

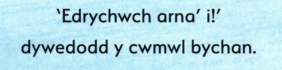

'Edrychwch arna' i!'
dywedodd y cwmwl bychan.

A dyna wnaeth pawb.

'Look at me!'
the little white cloud said.

And they did.

'Mae'n edrych fel llong,' dywedodd rhai.

'It looks like a ship,' they said.

'Mae'n edrych fel babi.'

'It looks like a baby.'

'Mae'n edrych fel ci.'

'It looks like a dog.'

'Mae'n edrych fel asgwrn.'

'It looks like a bone.'

Roedd pawb wrth eu bodd yn edrych ar y cwmwl yn troi'n bob math o siapiau i'w diddanu.

Everybody loved looking at the cloud making all sorts of shapes for them.

Ac roedd y cwmwl bychan wrth ei fodd yn ei droi ei hun yn siapiau.

And the little cloud loved making shapes for everybody.

Ond o dipyn i beth, trodd yn fwy ac yn dywyllach ac yn drymach.

But as time went on it got bigger and darker and heavier.

'Edrychwch arna' i!' dywedodd y cwmwl.

'Edrychwch be' dwi'n wneud!'

'Look at me!' said the cloud.
'Look what I'm doing!'

A dywedodd pawb . . .

And everybody said . . .

'O na, mae'n glawio!'

Ac fe gododd pawb
ei ymbarél a rhedeg i ffwrdd!

'Oh no, it's raining!'
And they put up their
umbrellas and ran away!

'Ble 'dech chi'n mynd? Dewch nôl!'
dywedodd y cwmwl, wrth ddechrau
glawio'n drymach.

'Where are you going? Come back!'
said the cloud, as it began
to rain more and more.

Oherwydd roedd y cwmwl
wedi troi'n gwmwl glaw,
a dyna beth
mae cymylau glaw i fod i'w wneud.

Because raining is what
rain clouds do and that
is what the little cloud
had become.

'Pam nad y'ch chi'n edrych arna' i nawr?
Dwi'n glyfar, on'd ydw i, yn glawio fel hyn?'

'Why aren't you looking at me any more?
Aren't I clever, raining like this?'

Ac fe rowliodd a chwyrnu.
A stampio a fflachio.

And it grumbled and rumbled.
And stamped and flashed.

'Does neb yn hoffi edrych arna' i nawr,'
criodd y cwmwl yn drist.

'Nobody is glad to see me any more,'
cried the cloud, sadly.

'Mi ydw i!' dywedodd blodyn bychan,
wrth ymestyn ei ddail am ddiod o ddŵr.

'I am!' said a little flower,
stretching out its leaves for a drink.

'Mi ydw i!' dywedodd y ffermwr,
wrth wylio'r glaw'n helpu
ei blanhigion sychedig i dyfu.

'I am!' said a farmer,
watching the rain help
his thirsty plants to grow.

'Go iawn?' gofynnodd y cwmwl,
gan deimlo fymryn bach yn well.

'Really?' said the cloud,
feeling a little better.

A dyma'r glaw'n parhau, oherwydd
dyna beth mae cymylau glaw i fod i'w wneud.

And it kept raining, because
that's what rain clouds do.

'Ry'n ni'n hapus i dy weld di,' dywedodd y pysgod,
wrth nofio yn y dŵr . . .

'We're happy to see you,' said the fishes,
swimming in the water . . .

y dŵr oedd yn llenwi'r nentydd

that was filling the streams,

ac yn llifo i mewn i'r afon,

which were flowing to the river,

cyn llifo wedyn i mewn i'r môr.

which was flowing to the sea.

'Ry'n ni hefyd,' dywedodd y plant,
wrth neidio a thasgu mewn pyllau dŵr.

'We are,' said the children
splashing in puddles.

'Go iawn?' gofynnodd y cwmwl yn hapus.

'GO IAWN!' dywedodd pawb.

'Really?' said the cloud, happily.

'YES!' they cried.

Felly, dyma'r cwmwl glaw'n glawio
a glawio a glawio.

Ac wedyn . . .

So the rain cloud rained and rained
and rained and rained.

And then . . .

. . . dyma'r haul yn dod i'r golwg ac yn casglu'r diferion glaw olaf, a'u troi'n enfys.

. . . the sun came out and took the last of the raindrops, and made them into a rainbow.

Ar ôl y glaw, canodd
yr adar yn yr awyr, ac roedd yr awyr
yn las ac yn olau fel o'r blaen.

After the rain, the birds sang in a sky
washed clear bright blue again.

Ac roedd y glaswellt yn wyrdd,
y planhigion yn llawn yn y gerddi
a'r caeau, a throdd y blodau
eu hwynebau at yr haul.

And the grass was green,
plants sprouted in the gardens
and the fields, and flowers
turned their faces to the sun.

**A doedd y cwmwl
ddim yn gwmwl glaw ddim mwy.**

And the cloud wasn't
a rain cloud anymore,

**Trodd nôl yn gwmwl
bychan gwyn,**

but a little white
cloud again,

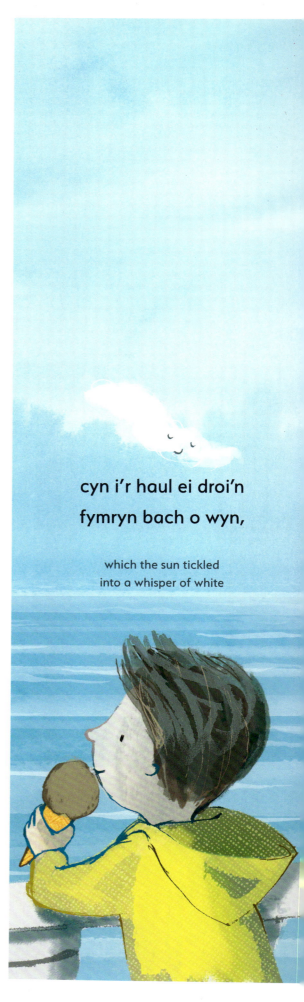

**cyn i'r haul ei droi'n
fymryn bach o wyn,**

which the sun tickled
into a whisper of white

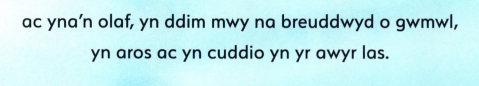

ac yna'n olaf, yn ddim mwy na breuddwyd o gwmwl,

yn aros ac yn cuddio yn yr awyr las.

Tan y tro nesaf . . .

and back into a happy dream of a cloud again,
waiting and hiding in a blue sky.

Until the next time . . .

Oherwydd weithiau, glawio
yw beth mae cwmwl glaw bychan i fod i'w wneud.

Because sometimes, raining is what
a little rain cloud has to do.